Name: ______________________

Age: ______________________

COLORING PAGE

COLORING PAGE

COLORING PAGE

COLORING PAGE

COLORING PAGE

COLORING PAGE

COLORING PAGE

COLORING PAGE

COLORING PAGE

COLORING PAGE

COLORING PAGE

COLORING PAGE

COLORING PAGE

COLORING PAGE

COLORING PAGE

COLORING PAGE

COLORING PAGE

COLORING PAGE

COLORING PAGE

COLORING PAGE

COLORING PAGE

COLORING PAGE

COLORING PAGE

COLORING PAGE

GRAAWL

GRAAWL

COLORING PAGE

COLORING PAGE

COLORING PAGE

COLORING PAGE

COLORING PAGE

COLORING PAGE

COLORING PAGE

COLORING PAGE

Printed in Great Britain
by Amazon